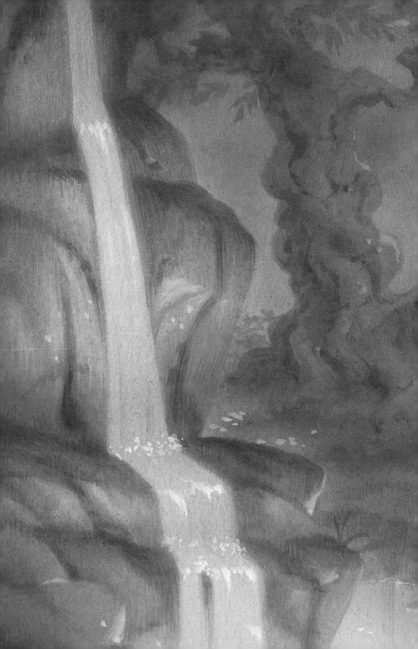

Rani et le Lagon des Sirènes

Texte
LISA PAPADEMETRIOU

Adaptation
KATHERINE QUENOT

Illustrations
THE DISNEY STORYBOOK ARTISTS

PRESSES AVENTURE

Publié par Presses Aventure, une division
de Les Publications Modus Vivendi Inc.
55, rue Jean-Talon Ouest, 2ᵉ étage
Montréal (Québec) Canada H2R 2W8

Paru sous le titre original : *Disney Fairies, Rani and the Mermaid Lagoon*

Dépôt légal - Bibliothèque et Archives nationales du Québec, 2009
Dépôt légal - Bibliothèque et Archives Canada, 2009

ISBN : 978-2-89543-924-0

Nous reconnaissons l'aide financière du gouvernement du Canada par
l'entremise du Programme d'aide au développement de l'industrie
de l'édition (PADIÉ) pour nos activités d'édition.

Gouvernement du Québec – Programme de crédit d'impôt
pour l'édition de livres – Gestion SODEC

Imprimé en Chine.

Tout sur les fées

Si vous vous dirigez vers la deuxième étoile sur votre droite, puis que vous volez droit devant vous jusqu'au matin, vous arriverez au Pays Imaginaire. C'est une île enchantée où les sirènes s'amusent gaiement et où les enfants ne grandissent jamais : c'est pour cela qu'on l'appelle l'île du Jamais.

Quand vous serez là-bas, vous entendrez sûrement le tintement de petites clochettes. Suivez ce son doux et léger et vous parviendrez alors à Pixie Hollow, qui est le cœur secret du Pays Imaginaire.

Au centre de Pixie Hollow s'élève l'Arbre-aux-Dames, un grand et vénérable érable, où vivent et s'affairent des centaines de fées et d'hommes-hirondelles. Certains d'entre eux excellent en magie aquatique, d'autres volent plus vite que le vent et d'autres encore savent parler aux animaux. C'est que, voyez-vous, Pixie Hollow est le Royaume des Fées et chacune de celles qui habitent là a un talent unique et extraordinaire...

Non loin de l'Arbre-aux-Dames, nichée dans les branches d'une aubépine, veille Maman Colombe, le plus magique de tous ces êtres magiques. Jour et nuit, elle couve son œuf tout en gardant un œil vigilant sur ses chères fées qui, à leur tour, la protègent de tout leur amour.

Aussi longtemps que l'œuf magique de Maman Colombe existera, qu'il sera beau, bleu, lisse et brillant comme au premier jour, aucun des êtres qui peuplent le Pays Imaginaire ne vieillira. Il était arrivé pourtant un jour que cet œuf soit brisé. Mais nous n'allons pas raconter ici le périple de l'œuf. Place maintenant à l'histoire de Rani !

Rani s'arrêta un instant sur le seuil de la porte en métal poli de la bouilloire que Clochette avait aménagée en atelier. Elle se mordit la lèvre.

« Je ne dois pas pleurer, se dit-elle, pas cette fois. »

Rani entendait son amie donner des coups de marteau. Clochette était très occupée, comme d'habitude.

Clochette était une Rétameuse, la meilleure réparatrice de Pixie Hollow. Elle pouvait réparer pratiquement n'importe quoi : une louche qui se mettait à fuir sans raison, une casserole qui s'entêtait à ne pas vouloir faire bouillir l'eau, une passoire qui refusait de laisser passer l'eau dans ses trous. Rani espérait que Clochette pourrait résoudre son problème.

Prenant une grande inspiration, elle pénétra dans l'atelier de son amie.

– Salut, Clochette ! dit-elle.

Avec un froncement impatient des sourcils, la fée leva les yeux de sa marmite. Mais voyant que c'était Rani, elle sourit, révélant ses fossettes.

– Rani ! s'écria-t-elle, enchantée.

Elle reposa son marteau.

– Mais que fais-tu là ? demanda-t-elle, intriguée. Pourquoi n'es-tu pas...

– ... en train d'installer la fontaine ? acheva Rani, qui finissait souvent les phrases des autres, quand elle était excitée. C'est parce que...

Elle s'interrompit.

– Parce que....

Elle essaya encore, mais ne put aller plus loin et fondit en larmes.

– Rani, qu'est-ce qui ne va pas ? s'écria Clochette en volant vers son amie.

L'entourant de ses bras, elle se mit à lui tapoter doucement le dos en évitant l'endroit où se trouvaient autrefois les ailes de Rani. Car la fée n'avait plus d'ailes, en effet. Elle se les était coupées pour sauver le Pays Imaginaire. Ce sacrifice héroïque avait fait d'elle la seule fée qui ne pouvait pas voler. Mais depuis ce jour, un oiseau, nommé Frère Colombe, la prenait sur son dos chaque fois qu'elle le désirait.

En revanche, Rani était maintenant la seule fée de Pixie Hollow à pouvoir nager. Les ailes de fée deviennent lourdes quand elles sont mouillées. C'est pour cette raison que les fées ne nagent jamais : elles seraient rapidement entraînées vers le fond. Mais cela n'avait pas empêché Rani de faire plusieurs tentatives, au temps où elle avait encore des ailes : en tant que fée Aquatique, elle adorait l'eau.

Rani sortit un mouchoir de pétales pour se moucher. Une autre larme de cristal coula doucement sur sa joue.

– C'est ce soir la Danse des fées, commença-t-elle.

– Je voudrais déjà y être ! répondit Clochette en lui tendant un nouveau mouchoir de pétales.

La fée en avait toujours une pile chez elle au cas où une fée Aquatique lui rendrait visite.

C'était en préparation de la Danse des fées que Clochette se depêchait de réparer sa marmite. Les Cuisinières en avaient besoin tout de suite. La marmite s'était mise depuis peu dans la tête qu'elle était une poêle à crêpes et elle s'obstinait à en produire des montagnes, en se passant de l'avis de la Cuisinière. Or, il était impensable que les Cuisinières servent de vulgaires crêpes à la plus importante fête du mois!

Fronçant les sourcils, Clochette frappa doucement la marmite avec son marteau de Rétameuse, mais la bosse qui était apparue sur un de ses côtés tenait bon. La marmite ne voulait rien savoir.

La Danse des fées avait lieu à chaque pleine lune, quand l'astre resplendit de toute sa large face rieuse. Tous les talents collaboraient pour que cette fête soit la plus réussie possible. Les Boulangères préparaient des galettes au beurre bien croquantes. Les Cuisinières remplissaient des cupules de glands avec de la soupe au potiron. Elles confectionnaient aussi des sandwichs aux champignons dont elles enlevaient la croûte pour qu'ils ne fassent pas de miettes. Ils étaient légers comme des plumes! De leur côté, les Lumineuses

15

accrochaient des lanternes à vers luisants aux
branches de l'Arbre-aux-Dames et lâchaient
aussi des lucioles dans la clairière. Quant aux
Décoratrices, elles astiquaient les feuilles de tous
les érables de Pixie Hollow pour que les lumières
s'y réfléchissent parfaitement. Et enfin, les Aquatiques utilisaient leur magie pour faire surgir une

fontaine au milieu de la clairière. Cette fontaine était le point de mire de la fête, car les fées allaient danser autour toute la nuit.

Le simple fait de penser à la fontaine fit monter de nouveau les larmes aux yeux de Rani. Elle les essuya avec impatience, puis respira profondément.

– Tu sais que c'est toujours moi qui suis chargée de faire jaillir le grand jet d'eau au sommet de la fontaine? commença-t-elle.

– Bien sûr, répondit Clochette. Tu n'as pas ton pareil dans tout Pixie Hollow pour les jets d'eau!

– Eh bien, figure-toi que les autres Aquatiques ont décidé que c'était Humidia qui le ferait cette année...

Les larmes emplirent à nouveau les yeux de Rani et son nez se mit à couler.

– Tout ça parce que je ne peux pas voler! gémit-elle. Les autres prétendent que les battements d'ailes de Frère Colombe déformeraient mon jet d'eau au moment où je le placerais au sommet de la fontaine. Elles disent même que Frère Colombe risquerait de détruire toute la fontaine s'il s'en approchait trop...

Clochette tirailla sa frange. Elle avait connu elle aussi, il n'y avait pas longtemps, cette impression horrible d'avoir perdu son talent.

– Mais la fontaine ne sera pas vraiment la fontaine sans ton talent, dit-elle. C'est...

– ... terrible, acheva Rani en hochant la tête. Moi, une Aquatique, je ne peux même pas participer à la création de la fontaine !

Rani tordit son mouchoir de pétales pour l'essorer sur le plancher. Après quoi elle tamponna à nouveau ses yeux gonflés. Les Aquatiques ont autant d'eau dans leur corps qu'une baie juteuse et mûre. Elles transpirent, pleurent et reniflent plus que toutes les autres fées. Et elles n'y peuvent rien.

– Tu sais, dit Clochette, que tu participes ou non à la fontaine, ça reste quand même une fête. Et tu adores les fêtes, pas vrai? Écoute, je te réserve ta place habituelle, à côté de moi. D'ici là, tu pourrais peut-être mettre ton talent au service d'une fée d'un autre talent...

– D'un autre talent? répéta Rani.

Elle serrait les lèvres en réfléchissant.

– Je peux peut-être aider les Cuisinières à faire bouillir l'eau, dit-elle.

Elle l'avait déjà fait une fois ou deux. Ce n'était pas aussi amusant que de participer à la fontaine, mais c'était mieux que rien. Elle pouvait aussi aider les Cuisinières à faire un plat nécessitant des dilutions nombreuses et compliquées, ce genre de plat exceptionnel qu'on fait rarement parce que c'est trop long. Voilà une bonne idée!

– Merci Clochette! dit Rani, toute joyeuse, en se précipitant vers la porte. Je vais le leur proposer tout de suite.

– De rien, répondit Clochette.

Mais Rani n'entendit pas car elle se dirigeait déjà à grands pas vers les immenses cuisines de l'Arbre-aux-Dames.

Rani se tenait, mélancolique, à la lisière du Cercle des Fées. Elle était déjà revenue des cuisines. Quand elle avait proposé son aide pour faire bouillir de l'eau, on lui avait répondu que tout était déjà prêt. Alors elle était venue au Cercle pour voir si elle pouvait aider quelqu'un d'autre, mais là encore tout était terminé.

Une longue table était dressée sur un côté de la clairière. Les Cuisinières et les Boulangères l'avaient garnie de toutes sortes de délices : tartes à la crème, muffins caramélisés, plateaux entiers de sandwichs aux champignons... Les Polisseuses avaient astiqué fourchettes, cuillères et couteaux jusqu'à ce qu'ils étincellent et les Arrangeuses-de-table les avaient disposés autour des assiettes.

Quant à la décoration de la clairière, les Jardinières avaient nettoyé le terrain et planté des pensées sur tout le pourtour. De leur côté, les Lumineuses avaient accroché les vers luisants et elles surveillaient maintenant les lucioles en train de se rassembler.

– La fontaine est magnifique, Rani... s'écria une voix.

Se retournant, Rani découvrit Fira qui lui souriait. Fira, qu'on appelait aussi Moth, était une Lumineuse. Elle brillait plus fortement qu'une fée ordinaire. Même le bout des mèches de ses longs cheveux noirs étincelait.

Fira se retourna vers la fontaine pensivement. Elle se donnait souvent le temps de réfléchir avant de parler.

– J'aimerais juste trouver le moyen de l'illuminer, dit-elle enfin. Mais à chaque fois que j'en approche une flamme, celle-ci...

– ... s'éteint, je sais, acquiesça Rani.

– Elle est déjà très belle comme ça, dit Fira.

Rani soupira.

– Merci pour ton compliment, dit-elle, mais je ne le mérite pas. Comme je ne peux pas voler, Humidia a pris ma place.

– Oh, pauvre Rani ! s'écria Fira.

Rani se détourna en sentant les larmes lui monter aux yeux.

– Ne t'en fais pas, reprit Fira. Tu viendras danser ce soir et tu t'amuseras bien.

Disant cela, elle claqua dans ses doigts et en fit jaillir une étincelle. Celle-ci tournoya un instant au-dessus de la tête des fées, puis elle disparut.

– Quand tu danseras, tu ne penseras plus à la fontaine, continua-t-elle.

Rani plongea son regard dans les yeux souriants de Fira. Ceux-ci semblaient constellés de mille petits éclats de lumière rayonnante : c'était un merveilleux sourire de Lumineuse.

Rani savait que Fira cherchait à l'aider. Elle lui répondit par un sourire d'Aquatique, ruisselant de reconnaissance.

Mais Fira voyait bien que son amie était toujours triste.

– N'oublie pas que tu as sauvé l'œuf de Maman Colombe ! lui rappela-t-elle. Tu n'as pas qu'un talent, Rani...

« Mais il n'y en a qu'un que je désire vraiment », pensa Rani.

Elle savait pourtant qu'il ne servait à rien de discuter. Humidia avait fait le jet d'eau : il ne lui restait plus qu'à essayer de profiter de la Danse des fées du mieux qu'elle pourrait.

– Merci Fira, dit-elle après un instant de silence. Alors à ce soir, à la danse !

2

– Par ici, Frère Colombe, s'écria Rani, tout excitée. Descends vite !

Frère Colombe piqua vers le Cercle des Fées. Juchée entre ses ailes, Rani se penchait pour regarder par-dessus sa tête.

Le spectacle était magnifique. Voletant autour des vers luisants, les lucioles nimbaient d'une douce lumière toute la clairière. Au centre s'élevait la fontaine, qui brillait de mille feux. Elle était presque aussi haute que le tronc du sycomore voisin. Rani entendit les Musiciens accorder leurs flûtes de roseau. Elle se mordit la lèvre. Elle était un peu en retard...

Frère Colombe plongea sous les arbres, au croisement de plusieurs branches. Les étoiles scintillaient doucement entre les feuilles. Déjà à leurs places, les fées esquissaient des pas de danse et s'entraînaient à faire des roues. Même la méchante Vidia, un peu à l'écart, contemplait la scène avec un sourire aux lèvres.

– La voilà! cria Rani.

Elle venait d'apercevoir Clochette qui faisait son entrée entre Beck, une Soigneuse, et Terence, un Empoudreur.

C'est alors que les Musiciens firent retentir les premières mesures de la danse.

– Dépêche-toi! cria Rani, qui voulait prendre sa place habituelle à côté de Clochette, dans le cercle extérieur. Ça commence.

La Danse des fées se composait de trois rondes volantes qui tournaient au-dessus de la fontaine. La première – la plus proche du centre – était la plus petite et la plus facile. Elle était destinée aux fées les plus jeunes pour qu'elles apprennent à danser. Le cercle du milieu était réservé aux fées qui savaient déjà danser sans être encore des expertes. Quant au cercle extérieur, c'était le plus grand et le plus difficile. On y tournoyait, on y faisait des sauts périlleux et des roues et, de temps en temps, les danseurs pivotaient tous ensemble pour danser en sens inverse des autres. Cette Danse des fées ressemble un peu à ce que les Empotés appellent un quadrille, mais en tournant dans les airs et en beaucoup plus difficile ! En effet, les trois rondes ne ralentissent jamais : dans un sens, puis dans l'autre, et les danseurs échangent continuellement leurs places.

Rani adorait danser dans le grand cercle. Il fallait être très rapide pour rester dans le rythme. Si on prenait du retard, on perdait sa place et il ne restait alors qu'à attendre la chanson suivante pour la reprendre. Mais, aujourd'hui, rien n'était comme avant pour la fée Aquatique : c'était la première fois qu'elle participait à la danse sans ses ailes, sur le dos de Frère Colombe...

Celui-ci se plaça dans le grand cercle. Par chance, il n'y avait pas de vent cette nuit-là. La moindre bourrasque pouvait envoyer les danseurs se cogner les uns contre les autres.

– Rani ! Par ici ! appela Clochette, qui dansait avec Beck.

Toutes deux sautaient alternativement du grand cercle au cercle moyen sans s'arrêter. À côté de Clochette, Terence suivait tout ce qu'elle faisait.

«À force de ne regarder que Clochette, il va rentrer dans quelqu'un!» observa Rani en souriant.

De deux coups d'ailes rapides, Frère Colombe rejoignit Clochette qui était en train d'exécuter un saut périlleux. Mais voilà que les Musiciens étaient arrivés au morceau le plus endiablé de la danse. Les ailes des fées se mirent à battre si vite que l'on n'entendit plus qu'un bourdonnement continu.

«Vole avec moi par ici», chantaient-elles en chœur, tout en faisant une roue vers la gauche. Elles frappaient ensuite trois fois dans leurs mains, CLAP CLAP CLAP, puis chantaient «Vole avec moi par là» en faisant une roue vers la droite. Puis encore CLAP CLAP CLAP, avant de tout reprendre depuis le début.

Rani savait qu'elle devait être reconnaissante à Frère Colombe d'essayer de participer à la danse. Mais elle se sentait quand même à l'écart des autres fées qui virevoltaient librement d'un cercle à l'autre. Et puis, à cause de sa taille, Frère Colombe ne pouvait pas quitter le grand cercle. Mais c'était quand même mieux que rien...

– Waouh ! s'exclama Rani, tandis que Frère Colombe tentait un petit saut.

Elle s'arrêta un instant de frapper des mains pour s'agripper fermement aux douces plumes duveteuses du cou de l'oiseau.

– Par là-bas ! lui dit-elle en lui montrant Clochette qui venait de sauter du petit cercle au grand.

Pendant que Frère Colombe rejoignait la fée, Rani se mit debout sur son dos. C'était le moment de la danse qu'elle préférait. Taper et taper avec le pied, puis sauter, sauter et sauter ! Un petit bond léger, puis pirouette sur la droite...

« Mes jambes n'ont pas oublié, exultait-elle en commençant à bouger en rythme. Même si je n'ai plus d'ailes, je peux toujours danser!» Et, souriant jusqu'aux oreilles, elle se lança dans une pirouette.

– Oh, non! cria-t-elle en sentant son pied glisser du dos de Frère Colombe.

Elle essaya de se rétablir, mais trop tard. Ses bras battirent l'air et elle tomba dans le vide.

– Rani! cria Clochette en s'élançant vers son amie.

– Clochette! appela Terence en la suivant.

Tout autour de l'homme-hirondelle, c'était une belle confusion: les fées se bousculaient et tombaient les unes sur les autres.

Rani vit au-dessous d'elle la fontaine qui se rapprochait de seconde en seconde. Elle allait s'écraser irrémédiablement sur le sol. Mais elle se sentit soudain violemment tirée par le bras et elle n'eut pas le temps de crier avant de constater avec soulagement que sa chute s'était ralentie.

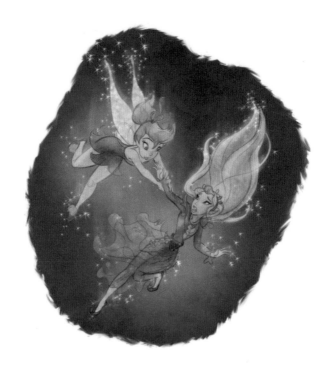

– Merci Clochette, réussit-elle à dire dans un souffle.

Hélas, la fée n'était pas assez forte pour retenir Rani et elle se mit à tomber avec elle. Une seconde secousse ébranla alors Rani, juste avant qu'elles ne percutent la fontaine. Terence avait saisi Clochette sous les bras et il luttait de toutes ses forces pour la retenir.

Des cris et des exclamations jaillirent de toutes parts. Les trois fées traversèrent la fontaine qui se désagrégea dans un éclaboussement général. Leur chute s'en trouva encore un peu ralentie, si bien que quand Fira se saisit de l'autre bras de Rani, les trois fées purent déposer doucement leur amie sur l'herbe tendre.

Pendant un moment, le silence régna. Le regard vide, Rani contemplait le désastre qu'elle avait provoqué. Des fées gisaient dans l'herbe trempée, leurs ailes emmêlées. Un homme-hirondelle était tombé tête la première dans une marmite de soupe au potiron. L'une des ailes de Terence était tordue et la queue de cheval de Clochette était à moitié défaite. Il ne restait plus de la fontaine qu'une flaque d'eau par terre. Et pour couronner le tout, Rani avait déchiré sa nouvelle robe en pétales de violettes.

La fée Aquatique se redressa. Les Musiciens avaient arrêté de jouer. Dans le silence oppressant, elle entendit le battement des ailes de Frère Colombe qui se posait à côté d'elle.

– Rani, est-ce que ça va ? lui demanda Clochette, en ouvrant de grands yeux soucieux.

À ces mots, la fée sentit un flot de larmes tièdes couler sur ses joues. Elle murmura :

– Je ne l'ai pas fait...

– Pas fait exprès ? interrompit une voix.

Tout le monde leva les yeux. La cruelle Vidia, la plus rapide des fées Véloces, atterrissait devant eux. Croisant les bras, Clochette la foudroya du regard.

– Ma chérie, commença Vidia d'une voix trop suave pour être sincère, tu dois comprendre que l'on se fait simplement du souci pour toi.

Elle souriait de toutes ses lèvres rouges au trait dur.

– Soyons raisonnables, une fée sans ailes n'a pas sa place dans une danse ! continua-t-elle. Je m'étonne que tu aies essayé.

– Ça suffit, Vidia, grinça Fira. Elle s'en sortait très bien jusqu'à ce qu'elle...

– ... gâche tout, termina Vidia. Y compris la fontaine des Aquatiques. Mon petit chou, dit-elle à Rani, ce n'est pas ta faute si tu as ruiné la danse. Nous comprenons que tu voulais seulement continuer à te sentir comme les autres. Mais tu dois bien accepter le fait que, sans tes ailes, tu n'es plus bonne à rien.

– Vidia ! rugit Clochette en serrant de colère ses petits poings. Tu...

Mais Rani n'entendit pas la fin de la phrase de Clochette. Elle avait déjà commencé à courir. Elle ne s'arrêta même pas en entendant Clochette l'appeler.

3

Rani s'assit sous un grand saule en sanglotant. Elle pleura si fort et si longtemps que sa robe en fut trempée et qu'elle finit par ne plus avoir de larmes. Cela ne lui était encore jamais arrivé. Pour la première fois de sa vie, la fée Aquatique était à sec.

Quand ses sanglots cessèrent, la forêt était devenue sombre et silencieuse. La fée ne s'était encore jamais aventurée si loin.

– Je devrais rentrer à l'Arbre-aux-Dames, dit-elle à voix haute.

Ses paroles s'envolèrent vers les arbres, avant de s'évanouir dans les ténèbres. Rani fit un pas dans la direction du retour. Elle se représentait la ramure rassurante de l'Arbre, ses pièces brillamment éclairées et foisonnantes d'activité.

– Mais on ne veut pas de moi là-bas, se dit-elle tristement.

Puisqu'elle ne pouvait pas rentrer, il ne lui restait plus qu'à continuer. Tournant les talons, elle s'enfonça dans les bois.

Après être passée devant de grands arbres sombres qui l'amenèrent à une clairière illuminée par la lune, elle arriva à un petit ruisseau qui se jetait dans la Barbotine. Ramassant un galet, elle le lança dans l'eau. Puis elle descendit sur la rive et avança dans l'onde jusqu'aux chevilles pour se rafraîchir. D'un coup de pied, la fée éclaboussa une grenouille qui plongea dans l'eau en croassant, ce qui arracha un petit rire à Rani.

Après avoir barboté un moment, la fée s'apprêtait à partir quand un petit canoë apparut sur le cours d'eau. C'était une de ces embarcations, creusées dans une branche de bouleau, dont les Aquatiques se servent parfois pour leurs explorations. Une fée étourdie l'avait sans doute mal attachée et elle avait été entraînée par le courant.

«On dirait presque qu'il m'attendait», se dit Rani en avisant la pagaie qui s'y trouvait.

Voyant qu'un peu d'eau était rentrée dans le bateau, elle passa sa main sur la flaque, qui se souleva et se ramassa en boule dans sa main. Alors la fée la lança dans la rivière, où elle disparut. Après avoir passé ses mains sur la coque pour s'assurer que le bateau était bien étanche, Rani monta dedans.

La lune miroitait sur l'eau, tandis qu'elle descendait la rivière en pagayant doucement.

Une petite chute d'eau murmurait au loin. La fée ignorait où la rivière la conduisait mais, du moment que c'était loin des autres fées, elle n'en demandait pas plus.

Se penchant au-dessus du rebord, elle observa son reflet dans l'eau. La fée vit qu'elle était jolie comme un cœur... «Par devant, j'ai toujours l'air d'une fée normale», pensa-t-elle.

Elle toucha la surface de l'eau et son reflet s'évanouit. Alors elle prit sa décision. Recueillant une poignée d'eau dans sa main, elle l'approcha de ses lèvres et prononça ces mots :

« Adieu, Clochette, tu me manqueras. Tu es mon amie pour l'éternité, mais je ne peux plus rester à Pixie Hollow. »

Rani souffla sur l'eau, qui s'étira et s'arrondit jusqu'à former une grande bulle. Elle la fit miroiter un instant dans sa main avant de la confier à une brise légère qui l'emporta en direction de l'Arbre-aux-Dames. Rani savait que Clochette la recevrait. Ces bulles-messages arrivaient toujours à leur destinataire...

En soupirant, elle s'étendit sur le dos au fond du canoë. Tandis qu'il descendait le courant, la fée contempla longuement les étoiles au-dessus d'elle. Elle aperçut un long tronc d'arbre couvert de mousse qui était couché en travers de la rivière, comme un pont. Au moment où le canoë passa dessous, Rani entendit un petit PLOUF.

«Qu'est-ce que c'est?» se demanda-t-elle en se redressant.

Regardant par-dessus bord, elle aperçut un sillage rapide dans l'eau sombre. Un serpent d'eau!

Le cœur de Rani se mit à palpiter. Les serpents étaient presque aussi dangereux que les faucons. Enfonçant sa pagaie dans l'eau, elle se mit à ramer de toutes ses forces. Le canot s'éloigna rapidement mais, ayant jeté un coup d'œil derrière elle, Rani vit que le serpent la suivait.

«Plus vite!» se pressa Rani.

Soudain, elle entendit un grondement sourd. Elle s'écarta d'un bond, s'attendant à voir le serpent se jeter sur elle, mais elle l'aperçut alors derrière elle, à bonne distance du canoë...

Stupéfaite, Rani regarda à nouveau devant elle et comprit soudain que le grondement qu'elle avait entendu ne provenait pas du serpent. C'était le bruit que fait l'eau qui se force un passage entre des rochers.

– Oh non ! cria-t-elle en plongeant désespérément sa pagaie dans l'eau pour ralentir le canoë.

Sssss !

Derrière elle, le serpent d'eau venait de la rejoindre. Il était énorme, dix fois plus gros qu'elle. Il allait frapper !

– Va-t'en ! cria Rani en brandissant sa pagaie.

Comme un éclair, le serpent surgit de l'eau. Mais, réagissant au quart de tour, Rani lui asséna un coup de pagaie sur la tête. Le serpent ploya sous la force du coup et recula. Sa langue fourchue sortait et rentrait à toute vitesse de sa gueule, tandis qu'il la fixait de ses yeux qui n'étaient plus que des fentes sombres.

Rani réfléchissait à toute allure. Quand le serpent voulut à nouveau la frapper, elle s'obligea à ne pas bouger puis, au dernier moment, elle

lui enfonça sa pagaie entre les mâchoires. Le serpent se mit à fouetter sauvagement l'eau avec sa queue, mais Rani avait réussi : la pagaie était coincée et le serpent ne pouvait plus fermer sa gueule...

Soulagée, elle se souvint alors qu'elle avait un autre problème : le grondement était devenu le bruit d'une chute d'eau !

Se retournant vers l'avant de son canoë, elle vit alors l'écume qui bouillonnait devant elle. Elle s'agrippa aux bords du bateau qui tanguait dangereusement dans le rapide. Le fracas de l'eau était assourdissant. Rani sentit son estomac se soulever, tandis que le canot piquait dans le tourbillon.

« Je ne réussirai pas à me retenir ! » se dit-elle.

Au même instant, le canoë heurta un gros rocher et se brisa en deux. Sous le choc, Rani perdit prise et fut précipitée à l'eau. Elle essaya de lutter contre le courant, mais il était bien trop fort pour elle. Elle se laissa engloutir...

4

– Je sais ce que c'est... J'en ai déjà vu une. C'est une fée.

– Ce n'est pas possible ! Elle n'a pas de baguette magique ni d'ailes.

– Tu sais bien que les fées n'ont pas toutes des baguettes magiques.

– Mais si !

– Chut, ça bouge...

Rani toussa. Battant des cils, elle ouvrit les yeux. Tout d'abord, elle ne distingua qu'une ombre. Puis l'image devint nette et elle aperçut, penchée au-dessus d'elle, le visage d'une immense jeune femme qui la regardait avec curiosité. Elle avait de magnifiques yeux émeraude, un nez délicat, des cheveux verts et une peau recouverte de minuscules écailles.

« Une sirène ! » se dit-elle.

Il y en avait une deuxième à ses côtés. Celle-la avait les yeux bleus, comme ses cheveux. Rani s'assit, le corps endolori. Regardant autour d'elle, elle vit qu'elle se trouvait sur un rivage. Les deux sirènes étaient assises près d'elle, la queue dans l'eau.

– Où suis-je ? demanda Rani.

– Elle veut savoir où elle est, dit la sirène aux yeux bleus.

– J'avais entendu, grinça celle qui avait les yeux verts.

– Tu te trouves à l'endroit où la Barbotine se jette dans le Lagon des Sirènes, dit-elle à Rani.

– Es-tu une fée ? demanda l'autre.

Rani toussota encore.

– Oui, fit-elle.

– Tu vois ! triompha la sirène aux yeux verts. C'est ce que je te disais : elles n'ont pas toutes des baguettes magiques !

Rani examina attentivement la sirène qui venait de parler.

– Il me semble que je te connais, dit-elle. Ne serais-tu pas… Soop ?

La sirène sourit. Seules les autres sirènes arrivaient à prononcer le véritable nom de Soop.

– Je ne suis pas Soop, dit-elle, mais ceux qui ne nous connaissent pas nous confondent. Je m'appelle Oola. Et toi, qui es-tu ?

– Je suis Rani.

– Si tu es une fée, intervint l'autre sirène, où sont tes ailes ?

– Oh, laisse-la un peu, Mara ! grommela Oola.

Tout comme Oola, Mara n'était pas le véritable nom de la sirène, mais il était si difficile à prononcer que c'était tout ce qu'avait pu en retenir Rani.

– Enfin, tu ne vois donc pas? reprit-elle. Elle les a coupées pour pouvoir nager avec les sirènes.

Les yeux de Mara s'agrandirent.

– C'est vrai?

– Eh bien... commença Rani.

Il était exact que Rani avait coupé ses ailes pour nager avec les sirènes, mais c'était parce qu'elle y avait été obligée. Elle devait se procurer un de leurs magnifiques peignes pour sauver l'œuf de Maman Colombe.

– ... en quelque sorte, résuma-t-elle.

Impressionnée, Mara examina Rani de la tête aux pieds. La fée rougit, car elle était dans un état déplorable. Ses cheveux blonds étaient emmêlés et sa robe violette, qui avait déjà souffert lors de sa chute, était pratiquement en lambeaux.

– Alors, reprit Mara, qu'est-ce que tu fais...

– ... là ? acheva Rani en secouant tristement la tête. Je suis partie de chez moi !

De nouveau, les sirènes furent estomaquées.

– Partie de chez toi ? répéta Oola.

– Je ne pourrais jamais quitter le Lagon des Sirènes, moi ! s'exclama Mara.

– Mara ! coupa Oola. Ne sois pas impolie. Tout le monde n'a pas la chance de vivre dans un endroit aussi agréable que le Lagon des Sirènes.

– Oh, Pixie Hollow est aussi un très bel endroit, répliqua Rani.

Oola sourit.

– Mais bien sûr, dit-elle aimablement.

Mais elle avait l'air si peu convaincue que Rani ne trouva plus rien à dire. Tandis que la sirène agitait nonchalamment sa queue dans la rivière, elle prit dans le creux de sa main un peu d'eau qu'elle se mit à façonner distraitement. Elle en fit d'abord une balle, qu'elle étira jusqu'à former une longue queue terminée par une gueule à langue fourchue. Ensuite, elle souffla doucement sur son œuvre et la queue du serpent d'eau qu'elle venait de créer se mit à onduler, exactement comme la queue d'Oola.

– Comment fais-tu cela ? s'écria la sirène.

Rani haussa les épaules :

– Je suis une fée Aquatique, dit-elle. J'aime l'eau.

Tendant le doigt, Oola toucha le serpent d'eau, qui perdit aussitôt sa forme et retomba dans la rivière avec un petit PLOUF.

– Je crois bien que je n'ai aucun talent aqua-tique ! dit-elle en riant.

– Les sirènes ont des talents différents, répondit Rani.

En fait, la fée trouvait qu'Oola et Mara avaient vraiment le don de la beauté et de la grâce.

– Et où vas-tu aller maintenant ? reprit Mara.

– Je n'en sais rien, soupira Rani.

Se penchant à l'oreille de Mara, Oola lui chuchota quelque chose. Les yeux bleus de Mara s'agrandirent et s'élargirent et elle répondit à Oola en chuchotant aussi. Acquiesçant de la tête, celle-ci se tourna vers Rani.

– Nous pensons que tu devrais venir vivre avec nous, déclara-t-elle.

– Ça te plairait ? appuya Mara.

– Moi ? pépia Rani.

Elle était devenue rouge de fierté. Ces magnifiques sirènes l'invitaient à vivre parmi elles ! Sous l'eau ! Son cœur en palpitait d'émotion.

– Tu as l'air très heureuse dans l'eau, souligna Oola.

Le sourire de Rani s'effaça.

– Oui, mais comment ferai-je pour respirer ? murmura-t-elle.

Si elle voulait vraiment vivre sous l'eau, elle aurait besoin de beaucoup d'air. Brusquement, Rani se souvint de la bulle-message qu'elle venait d'envoyer à Clochette. Elle pouvait peut-être se fabriquer des bulles du même genre qu'elle porterait en collier. Celles-ci constitueraient de bonnes réserves d'air. Il lui suffirait de s'en faire éclater une dans la bouche pour...

– ... respirer ! acheva-t-elle à haute voix.

Elle était si excitée qu'elle se releva, prête à partir.

Oola lui tendit sa main et Rani y monta.

– Tu seras comme une petite sirène ! fit Oola en oubliant gentiment que Rani n'avait ni écailles ni queue.

Rani sourit. Son aventure sous-marine commençait !

5

Installée aux premières loges dans la main d'Oola, Rani était émerveillée par le Lagon des Sirènes qui défilait sous ses yeux.

Tout l'enchantait : le nuage de petits poissons brillants bleu argenté qui les dépassèrent en flèche, les trois sirènes assises sur leur rocher, les deux petits tritons qui se poursuivaient autour d'un récif de corail et l'homme à la queue de poisson qui cueillait des salades d'algues dans un pré d'un vert profond. Les sirènes expliquèrent à Rani qu'il s'agissait du cuisinier du palais.

– Sommes-nous encore loin du château ? demanda-t-elle à Oola.

Cela faisait déjà longtemps qu'elles nageaient. Heureusement, grâce à son collier de bulles, Rani respirait facilement. Chaque fois qu'elle en faisait éclater une dans sa bouche, elle la buvait comme une délicieuse goulée d'oxygène. Mais la fée savait qu'elle avait en plus la possibilité de se ravitailler à la chambre des vents.

La chambre des vents se trouvait dans le Palais des Sirènes. C'était une pièce remplie d'air que les sirènes utilisaient quand leurs branchies étaient fatiguées. Le seul problème, comme Rani avait pu le constater lors de sa première visite, était que la pièce empestait le poisson. De toute façon, cet endroit ne pouvait lui servir que quand elle se trouvait dans le palais. Le collier de bulles était donc bien plus pratique.

– Ce n'est plus très loin, lui répondit Oola. Tu vas l'apercevoir dès que nous aurons franchi cette colline.

En effet, le Palais des Sirènes surgit peu après devant Rani, qui en resta muette d'admiration. Entièrement fait de nacre, il luisait doucement dans le miroitement de la lumière sous-marine. S'élevant jusqu'à mi-hauteur de la surface, il était immense. Rani avait toujours cru que l'Arbre-aux-Dames était le plus magnifique endroit de la terre. Maintenant, elle n'en était plus si sûre.

– Vous habitez toutes là ? demanda-t-elle.

– Oui, dit Oola. Chaque sirène et chaque triton a une chambre au palais.

À présent, Rani s'exprimait aussi facilement sous l'eau qu'à l'air libre. Cela peut sembler étonnant, mais en fait tout le monde peut y arriver, si une sirène vous explique comment faire. La difficulté n'est pas de parler, mais d'écouter. Rani s'exerçait à écouter très attentivement chaque bulle qui sortait de la bouche d'Oola.

Les deux sirènes pénétrèrent dans le château. Rani écarquilla les yeux. Dans chaque pièce elle vit un bouquet d'algues en fleurs arrangées dans

un grand coquillage rose en colimaçon. La fée s'amusa ensuite à suivre des yeux deux grands bernard-l'ermite qui jouaient en se poursuivant autour de leur lit, une coque vide de moule géante. La lumière rose qui se répandait depuis des conques disséminées un peu partout dans le château ajoutait encore à l'enchantement du lieu.

– Allons à la garde-robe du palais, décida Mara. On y trouvera sans doute les autres.

– Non, moi je n'y vais pas, répondit Oola.

La sirène commençait à considérer Rani comme sa fée à elle et elle n'avait pas envie de la partager avec les autres. Mais Voona, une sirène dotée d'une crinière de cheveux orange, les aperçut.

– Oh oh, mais qu'avez-vous là ? s'écria-t-elle.

Elle rejoignit Oola en deux coups de queue. Ses yeux dorés s'arrondirent en découvrant Rani.

– Bonté divine, où avez-vous dégoté ce truc ? Jamais rien vu de si bizarre !

– Je suis Rani, dit Rani.

Voona poussa un cri aigu.

– En plus, ça parle !

– C'est une fée, expliqua Oola.

– Hein ? fit Voona. Mais où est sa baguette ?
Oh, bonté divine, il faut tout de suite montrer
ça aux autres !

Et, disant ces mots, elle tira et poussa Oola
jusqu'à la faire rentrer de force dans la garde-robe
des sirènes.

– Hé, les filles ! cria-t-elle à la ronde. Venez
voir ce qu'on a trouvé !

À la seconde, un agglutinement de sirènes
jacassantes entoura Rani.

– Mince alors, c'est quoi ce truc ?

– C'est vivant ?

– Quel machin bizarre !

– C'est une fée, déclara Mara avec orgueil.

– Une fée ?

Les sirènes regardaient Rani bouche bée, celle-ci se mit à rougir comme une pivoine.

– Hé, ça devient rouge! s'exclama Voona.

Rani aurait bien aimé que les sirènes ne parlent pas d'elle comme si elle ne pouvait pas les comprendre. Mais elle avait peur de paraître impolie si elle faisait une remarque.

Heureusement, Oola intervint.

– C'est une fée, dit-elle, et elle est venue vivre avec nous... c'est-à-dire avec moi.

Elle montra du doigt l'endroit où étaient attachées autrefois les ailes de Rani.

– En plus, elle s'est coupé les ailes pour pouvoir nager avec nous, dit-elle.

Les sirènes écarquillèrent les yeux.

– Et ce n'est pas tout, renchérit Mara. Il lui est arrivé des aventures incroyables!

– Pas étonnant alors qu'elle soit dans cet état, commenta Voona en la scrutant du regard.

Rani rougit encore plus fort. Elle savait qu'elle n'était guère à son avantage dans sa robe en lambeaux.

– Et si on lui fabriquait une nouvelle tenue ? lança soudain l'une des sirènes.

– Oui ! Oui ! approuvèrent les autres en poussant des cris de joie.

Aussitôt, elles se mirent à nager en tous sens pour aller chercher des affaires. Rani fut juchée sur une coquille Saint-Jacques et une nuée de mains commencèrent à s'activer autour d'elle. Pendant que Mara lui brossait les cheveux, Oola prit un mouchoir en soie marine de couleur turquoise et lui confectionna une robe. Une sirène aux cheveux violets peignit ses lèvres avec un vernis de couleur corail, tandis qu'une autre dénichait une petite pince en os, rehaussée d'un brillant rouge, qu'elle tendit à Rani. Elle en trouva une semblable pour elle – mais beaucoup plus grande – avec laquelle elle s'attacha les cheveux pour montrer à la fée comment s'y prendre. Rani mit sa pince du mieux qu'elle pouvait, bien qu'elle était persuadée que le résultat ne serait pas aussi réussi. Les sirènes avaient des cheveux tellement plus beaux que les siens !

– Oh, c'est déjà beaucoup mieux ! dit Voona en applaudissant. Cette fée est absolument adorable. J'en veux une aussi !

Rani sourit en contemplant sa robe en soie marine. Qu'elle était belle !

– Merci, dit-elle à ses nouvelles amies.

– On s'est bien amusées, dit Oola.

La fée tâta le brillant rouge qui ornait ses cheveux. Elle avait l'impression d'être vêtue à la dernière mode.

– Est-ce qu'on va à une fête ? demanda-t-elle.

Les sirènes la regardèrent sans comprendre.

– Une fête ? répéta Voona.

– Qu'est-ce que c'est ? interrogea Oola.

– Une fête, rectifia Rani. Vous savez, quand on danse avec ses amis, qu'on fait de la musique, qu'on mange et qu'on s'amuse.

– Ça a l'air chouette ! pépia Mara.

– Oui, c'est très chouette, acquiesça Rani avec enthousiasme. C'est un événement formidable !

– Je pourrais étrenner mon nouveau collier de coquillages ! s'exclama Mara.

– Et moi porter mon peigne de nacre ! s'écria une autre sirène.

Soudain, toutes les sirènes se mettaient à imaginer ce qu'elles porteraient à la fête. Mais Oola poussa un gémissement.

– Oh ! dit-elle. C'est trop affreux !

– Qu'y a-t-il, Oola ? demanda Mara, tandis que les autres sirènes faisaient silence.

– Il n'est pas possible que j'aille à une fête sans ma bague en or ! s'écria la sirène.

Tous les visages se firent graves.

– Où est cette bague ? demanda Rani.

– Je l'ai fait tomber dans la Crevasse de l'Étoile de Mer, répondit Oola en soupirant.

Les sirènes hochèrent la tête en murmurant.

– C'est une crevasse très étroite et profonde, reprit Oola. Je ne la retrouverai jamais ! ajouta-t-elle d'une voix chavirée. Je l'aimais tant...

Et elle ponctua sa phrase d'un nouveau soupir destiné à Rani.

Rani balaya des yeux l'assemblée des sirènes, qui avaient toutes l'air triste. Il semblait bien que la fête ne pouvait pas avoir lieu sans la bague.

– Ma foi, commença-t-elle lentement... je peux peut-être aller la chercher.

– Oui! s'écria Mara. La fée est assez petite pour rentrer dans la crevasse!

– Tu ferais cela? dit Oola. Ce serait merveilleux!

Rani souriait, ravie. Les sirènes avaient besoin d'elle! Et elle allait leur apprendre ce qu'était une fête!

– Aurons-nous notre fête après? demanda-t-elle.

– Bien sûr! répondit Oola.

– Alors c'est d'accord, fit Rani bravement. Conduisez-moi à la crevasse.

6

– Vous êtes bien sûres qu'elle est tombée dedans ? interrogea Rani.

La fée examinait la crevasse, étroite et profonde, qui s'enfonçait dans le plancher de l'océan. Celle-ci était si sombre qu'on n'y voyait pas à plus d'une cinquantaine de centimètres de profondeur.

– Oui, assura Oola. Je l'ai laissée tomber la semaine dernière.

– Et moi je l'ai vue tomber dedans, appuya Mara. C'était juste à la hauteur de ce rocher de couleur jaune.

Rani hésitait.

– Il fait vraiment très noir dans cette crevasse...

– Ne t'inquiète pas, répondit Voona. On te fera de la lumière avec ça, dit-elle en lui montrant la conque remplie d'algues luisantes roses qu'elle tenait à la main.

Rani avança d'un air hésitant. On voyait mieux avec la lumière, du moins un peu mieux. La crevasse était tapissée de plantes et de coraux et il semblait n'y avoir rien de bien dangereux au fond. Malgré tout, c'était un endroit inquiétant et comment savoir au juste ce qui pouvait nager là-dedans ?

– Es-tu bien certaine que tu as besoin de cette bague ? insista-t-elle.

– Il est impossible que j'aille à une fête sans elle! répéta en gémissant la sirène. Vraiment!

Rani soupira. Il était clair qu'elle ne pouvait plus reculer. Détachant de son collier une des plus grosses bulles, elle la fit éclater dans sa bouche et en aspira l'air d'une grande goulée. Puis elle plongea tête la première dans la crevasse...

Les sirènes avaient dit vrai: la faille ne pouvait laisser passer qu'une fée. Quand elle étendait les bras, Rani en touchait les deux parois rugueuses avec le bout de ses doigts.

Elle s'enfonça dans la crevasse avec de grands ciseaux des jambes et, bientôt, les ténèbres l'enveloppèrent. La fée s'arrêta un instant et se retourna. Là-haut, très très loin au-dessus d'elle, elle apercevait les visages ravissants des cinq sirènes. Oola tendit sa conque vers elle et la lueur fantomatique s'enfonça dans les profondeurs, en projetant des ombres sinistres sur les parois.

– Allez, tu y es presque ! lui cria la sirène, dont les cheveux verts flottaient autour de la tête.

Rani regarda vers le bas. Elle n'avait pas l'impression d'y être presque, elle ! Elle ne voyait pas le fond et n'avait aucune idée de la distance qui l'en séparait.

Mais la fée n'avait pas peur. Elle savait que les sirènes l'attendaient en haut. Et elle pensait également à la fête.

« Ce pourrait être comme la Danse des fées, se réjouissait-elle. Je suis sûre que les sirènes peuvent faire des sauts périlleux dans l'eau aussi facilement que nous dans les airs. Je leur apprendrai tous les pas. Et je pourrai les faire avec elles, cette fois-ci. Ce sera comme si je volais ! Ce sera même encore mieux. »

Brusquement, un grand rocher se dressa devant Rani. Elle plissa les yeux pour être sûre de bien voir, mais oui, c'était le fond de la crevasse ! Et, luisant dans la pâle lumière que jetait la

73

lanterne, elle apercevait le fameux petit anneau d'or orné de sa pierre violette! Les sirènes n'avaient pas menti... Rani nageait vers l'objet quand, au moment où elle l'atteignait, la lumière s'éteignit. Elle s'arrêta, tous les sens aux aguêts. Que se passait-il?

– Oola? appela-t-elle.

Pas de réponse. Le cœur de Rani se mit à cogner dans sa poitrine. Elle leva les yeux, mais elle ne voyait que l'obscurité, aussi profonde que du velours noir.

– Voona! cria-t-elle de toutes ses forces. Mara! Où êtes-vous?

Rani attendit, la gorge sèche. Elle crut percevoir le bruit très lointain d'un pouffement, mais personne ne répondit à son appel.

«N'aie pas peur, se raisonna-t-elle. Il n'y a rien à craindre ici.»

Elle se mordit la lèvre. Il n'y avait personne d'autre dans la crevasse, mais les poils de sa nuque se dressaient, comme si quelqu'un la regardait par-derrière. L'image du serpent d'eau surgit dans son esprit.

– Il n'y a pas de serpent dans la Crevasse de l'Étoile de Mer, déclara Rani à voix haute.

L'écho faisait résonner bizarrement sa voix. Après tout, comment pouvait-elle être certaine qu'il n'y avait pas de serpent dans ce trou ? Et s'il y avait quelque chose d'encore plus horrible... comme un crabe géant ? Ou un poisson avec de grandes dents pointues ?

« Oh, arrête ça, se reprit Rani. Tu es là pour trouver la bague. Contente-toi de la ramasser et de remonter. »

La fée tâtonna avec les mains. Quelques instants plus tard, ses doigts rencontrèrent la surface lisse et ronde de la bague d'Oona. Vite, elle se la passa autour de l'épaule et commença à remonter.

Les secondes s'égrenaient interminable-
ment, tandis que Rani progressait dans
l'obscurité. Elle n'aurait su dire la distance qu'elle
avait déjà parcourue ni celle qui lui restait à faire.
Ses doigts couraient avec angoisse sur son collier
de bulles, bien qu'elle sût pertinemment qu'elle
ne risquait pas de manquer d'air.

Après un temps qui lui sembla infini, elle
constata que les parois s'éclaircissaient. Puis elle

distingua clairement un bouquet d'algues qui ressemblaient à de petites trompettes.

D'un dernier coup de jambes, elle jaillit de la crevasse.

– Me voilà! cria-t-elle. Oola, tu vas pouvoir participer à la fête, j'ai trouvé ta bague!

Mais les sirènes n'étaient plus là.

7

Rani rejoignit le rocher d'où elle avait plongé tout à l'heure. Elle y trouva la conque renversée et les algues roses lumineuses répandues alentour.

– Oola? appela Rani. Mara? J'ai trouvé la bague!

Pas de réponse.

Le cœur de Rani battait à se rompre. Elle savait que le Lagon des Sirènes recélait de redoutables dangers. Il y avait les anguilles électriques, qui pouvaient vous foudroyer quand vous les touchiez. Il y avait les petits mais effroyables poissons-sabre, aux dents plus longues que leurs nageoires. Et les requins du Pays Imaginaire, qui avaient des défenses comme les éléphants. En général, ils n'attaquaient pas. Mais s'ils étaient en colère, ils pouvaient devenir féroces.

« Et ce n'est sans doute pas tout », se dit la fée. Il y avait probablement encore d'autres dangers qu'elle ne connaissait pas.

Rani était certaine que les sirènes avaient besoin de son aide. Elles ne l'auraient jamais abandonnée, s'il ne leur était arrivé quelque chose.

À cet instant, elle entendit un léger bruit d'éclaboussure au-dessus d'elle. Sans réfléchir, elle fonça, battant des jambes et tirant sur ses bras avec toute l'énergie dont elle était capable.

« Si j'étais une sirène, j'irais tellement plus vite ! » se disait-elle avec désespoir.

Elle passa devant une colonie de moules qui refermèrent leurs coquilles avec un claquement sec, puis croisa un petit banc de poissons-ciseaux qui jouaient à se poursuivre à travers une forêt de coraux. Mais les sirènes demeuraient introuvables.

Rani s'arrêta et regarda autour d'elle. Elle était presque parvenue à la surface. Où aller, à présent? C'est alors qu'elle entendit à nouveau un bruit d'éclaboussure, juste au-dessus d'elle. Puis, un autre encore, accompagné d'un cri.

Levant les yeux, la fée aperçut alors une grande forme ovale argentée, prolongée d'un long manche, qui se dirigeait droit sur elle. Elle n'eut que le temps de l'éviter d'un coup de jambes et l'objet poursuivit sa descente vers le fond de la lagune. Aussitôt après, quelque chose d'autre frôla Rani, si vite qu'elle n'eut que le temps d'entrevoir un flot de rubans verts. Il lui fallut un petit moment pour réaliser que c'était Oola, lancée à la poursuite de l'objet.

La sirène s'arrêta peu après avoir dépassé Rani.

– Je l'ai eu ! cria-t-elle avec exhaltation.

– Oola ? appela Rani.

Faisant volte-face, la sirène remarqua enfin la fée.

– Oh, Rani, te voilà ! dit-elle rapidement d'un ton gêné.

Nageant vers la fée, elle lui montra ce qu'elle tenait dans ses bras : un grand miroir en argent qui avait l'air très lourd.

– Regarde ce que Peter Pan nous a apporté ! dit-elle. Il l'a chipé aux pirates. Tu ne trouves pas que c'est follement excitant ?

Levant le miroir, elle s'y contempla.

Mais Rani fronçait les sourcils.

– J'avais peur qu'il ne vous soit arrivé quelque chose ! dit-elle.

Les sourcils jaunes de Oola se rapprochèrent en signe d'embarras.

– Mais quoi donc, sotte petite fée ? grommela-t-elle. Qu'est-ce qui pouvait bien nous arriver ?

– Eh bien... commença Rani, déconcertée.

Oola avait-elle oublié qu'elle était descendue dans la crevasse sombre à la recherche de sa bague ?

– J'étais au fond de la crevasse, dit-elle, quand la lumière s'est éteinte et...

À cet instant, un appel retentit. C'était Voona qui cherchait Oola. La tête de la sirène creva la surface de l'eau. Sa crinière orange ondulait sauvagement autour de son visage.

– Ah, te voilà ! dit-elle.

Une moue mécontente sur les lèvres, elle fonça vers Oola.

– Ça te ressemble bien de garder pour toi le cadeau de Peter ! grinça-t-elle.

Il y eut un nouveau bruit d'éclaboussure, suivi aussitôt de deux autres. Cette fois, c'était Mara, accompagnée de deux nouvelles sirènes.

– Qu'est-ce que tu crois, Oola ? lança-t-elle. Allez, donne-nous le miroir !

Elle essaya de l'attraper, mais Oola le brandit hors de sa portée.

– J'étais seulement en train de parler à ma fée ! dit-elle en guise de défense.

« Ma fée ? » releva Rani en manquant avaler sa salive de travers.

Toutes les sirènes s'étaient retournées et la dévisageaient. Faisant glisser la bague de son épaule, Rani la tendit des deux mains à Oola.

– J'ai trouvé ta bague, dit-elle.

– Ma bague ! pépia Oola.

De joie, elle en laissa tomber son miroir. Allongeant le bras, elle arracha la bague des mains de Rani pour se la glisser au doigt.

84

Aussitôt, les autres sirènes firent un cercle autour d'elle en admirant la beauté de la pierre violette. Rani constata qu'elles semblaient avoir complètement oublié le miroir.

« De même qu'elles m'avaient oubliée, moi, dans la crevasse », se dit la fée.

Mara se passa la main dans ses cheveux bleus, où était enfoncé un peigne orné d'éclatantes perles violettes.

– Moi aussi j'adore le violet ! dit-elle.

Rani sourit.

– Donc maintenant, on peut avoir notre petite fête ? s'écria-t-elle.

Mais les sirènes ne parurent même pas l'entendre.

– C'est vrai que le violet, c'est joli, approuva Voona. Mais ça ne va pas tellement à Oola, ajouta-t-elle en agitant nonchalamment sa queue.

Oola en resta bouche bée de surprise.

– Tu trouves ? fit-elle.

Voona eut un rictus méprisant :

– Ça jure avec tes cheveux.

– Elle a raison, approuva Mara.

– Le violet ne va pas du tout avec les cheveux verts, renchérit une sirène qui portait un

86

collier de corail parfaitement assorti à ses cheveux rouges.

– Oh oui, c'est carrément hideux ! renchérit une sirène aux cheveux roses.

Le visage d'Oola avait viré au vert sombre – c'était ce qui lui arrivait quand elle rougissait. S'arrachant la bague du doigt, elle la jeta aussi loin qu'elle le pouvait. La bague flotta un moment, puis elle coula à pic. Comme par un fait exprès, elle tomba d'abord sur un rocher de couleur violette, d'où elle rebondit pour tomber pile... dans la Crevasse de l'Étoile de Mer !

Rani en resta pétrifiée de stupeur. Les sirènes lui avaient fait faire tout ce chemin et fait prendre tous ces risques pour aller chercher la bague et voilà qu'Oola l'avait relancée au fond de la crevasse !

Mais les sirènes étaient absorbées par d'autres soucis.

– Où est passé le miroir ? demanda Voona en fronçant les sourcils.

– Je vais le chercher ! répondit Mara en filant comme une flèche vers le fond du lagon.

Rani l'arrêta d'un geste.

– Attends une minute, dit-elle.

– Qu'y a-t-il ? demanda Mara en fixant la fée avec étonnement.

En fait, Rani ne savait pas quoi lui dire au juste. Elle se doutait bien que les sirènes n'allaient pas lui présenter leurs excuses pour l'avoir envoyée dans la crevasse ou pour l'y avoir abandonnée. Mais elle n'acceptait pas non plus de s'être donné tout ce mal pour rien.

– Eh bien... euh... je me demandais... dit-elle, quand est-ce qu'on fait notre fête ?

– Ah, la fête ! dit Oola en haussant les épaules. Tout de suite, si tu veux...

Mara roula des yeux mécontents.

– Mais je voulais me regarder dans le miroir, moi !

– On fait la fête en vitesse et on se regarde après, lança Voona.

Rani secoua la tête.

– Non, non, vous ne comprenez pas ! dit-elle. On ne peut pas faire la fête comme ça. Une fête, ça se prépare. Il faut apprendre les pas de danse, préparer la nourriture et choisir la musique. C'est beaucoup de travail !

Les sirènes étaient devenues silencieuses. Puis, tout d'un coup, elles éclatèrent d'un rire énorme. Elles riaient à s'en décrocher la mâchoire, à s'en tenir les côtes, elles gloussaient à n'en plus finir.

Oola rit jusqu'à ce que les larmes coulent à torrent de ses yeux (bien que, naturellement, cela ne pouvait se voir sous l'eau).

– Mais qu'y a-t-il de si drôle ? interrogea Rani.

Voona rit de plus belle.

– La fée veut savoir ce qu'il y a de si...

– ... drôle, finit Rani. Exactement. Qu'est-ce qui est si drôle ?

Les sirènes rirent encore plus fort. Elles se pâmaient. Elles se gondolaient. Elles riaient comme des baleines.

Rani se rembrunit. De minute en minute, elle aimait de moins en moins les sirènes.

– Mais voyons, les sirènes ne travaillent pas ! lâcha Oola.

Rani ouvrit de grands yeux.

– Pourtant le travail, c'est la moitié du plaisir ! dit-elle.

Les sirènes cessèrent de rire. Elles regardaient toutes Rani comme si elle était folle. La fée se sentit rougir.

– Je vais chercher le miroir, déclara Mara en s'éloignant.

– Ça te dirait de te regarder dedans ? demanda gentiment Oola à Rani.

Celle-ci la regarda, perplexe. Oola se sentait-elle quand même un peu triste pour elle ?

– Ne sois pas stupide, intervint Voona d'un ton sec. Pourquoi Rani voudrait-elle se regarder dans le miroir ? Elle est dix fois moins belle que la moins belle d'entre nous ! D'ailleurs, elle est trop petite pour tenir le miroir. Et en plus, elle pourrait le casser.

Rani aurait aimé grimper dans une coquille de moule pour s'y cacher. Bien sûr qu'elle n'était pas aussi grande ni aussi gracieuse qu'une sirène, surtout dans l'eau. Mais comment aurait-il pu en être autrement ? Elle était une fée…

Elle espéra malgré tout qu'Oola contredirait Voona, mais celle-ci dit seulement :

– Tu as raison.

Puis, l'attention des sirènes dévia sur Mara qui revenait avec le miroir.

– Je l'ai ! cria-t-elle sans s'arrêter.

Toutes les autres se lancèrent à sa poursuite et Rani resta seule.

8

La fée s'assit sur un rocher pour réfléchir.

«On dirait que je ne suis à ma place nulle part», soupira-t-elle.

Un gros poisson bleu qui disparaissait derrière un buisson de corail attira son attention.

«Mais je me plais quand même ici : tout est tellement joli ! »

La douce lumière qui filtrait à travers l'eau rappelait à Rani le soleil jouant dans les feuilles de l'Arbre-aux-Dames. Apercevant deux poissons-clowns dodus qui tournaient en rond autour d'un rocher, elle eut un petit rire. Avec leurs rayures et leurs écailles marron, ils ressemblaient aux écureuils de Pixie Hollow. Et la tortue qui passait lentement devant elle avait l'air déterminé d'un castor allant construire un barrage sur la Barbotine !

De plus en plus de choses rappelaient à Rani Pixie Hollow : les coraux en forme de branchages, un poisson volant qui ressemblait à une hirondelle, des anémones de mer qui formaient comme des buissons de fleurs.

Rani rejoignit les poissons-clowns. Ceux-ci s'arrêtèrent en la regardant de leurs immenses yeux ronds. Ils restaient parfaitement immobiles, ne sachant si la fée était dangereuse ou non.

– Hello ! dit Rani.

Les poissons s'éclipsèrent si vite que Rani les perdit de vue aussitôt. À leur place, il n'y avait plus qu'un nuage de bulles...

– Ils sont sans doute timides, se dit Rani à voix haute.

Avançant avec les mains, elle se lança à la poursuite de la tortue. La fée n'était pas une Soigneuse, mais elle avait certaines connaissances. Elle savait par exemple que les castors vivant sur la Barbotine étaient très sociables. Alors pourquoi pas cette tortue ?

– S'il vous plaît ! appela-t-elle.

Tournant légèrement la tête, la tortue regarda Rani du coin de l'œil sans ralentir.

– S'il vous plaît, répéta Rani, puis-je nager avec vous ?

Battant des nageoires à toute vitesse, la tortue fila sans mot dire.

« Eh bien ! se dit la fée en soupirant, on ne peut pas dire que les animaux du coin soient très accueillants ! »

Son attention fut attirée par un carré d'algues de couleur bleu vif, qui ondulaient dans l'eau.

«Ces algues bougent-elles toutes seules ou sous l'effet du courant?» se demanda-t-elle.

Rani s'approcha puis, après avoir examiné la plante, elle tendit la main. En guise de réponse, un long museau jaillit des algues et repoussa sa main. La fée fit un bond en arrière. C'est alors que les branches d'algues s'écartèrent, laissant apparaître un hippocampe d'un rose fluorescent! L'animal semblait se débattre, comme s'il était prisonnier, et il regardait Rani avec des yeux affolés. Il resta immobile un instant, puis recommença à se débattre en s'agitant d'avant en arrière. Il rejetait sa tête derrière lui et fouettait l'eau avec sa queue.

La fée s'approcha de l'hippocampe, qui se débattit de plus belle. Rani voyait bien qu'il avait peur d'elle mais alors, pourquoi ne s'enfuyait-il pas?

– Qu'est-ce qui ne va pas, hippocampe? lui demanda-t-elle.

Elle essayait d'imiter la voix que prennent les Soigneuses quand elles parlent à un animal effrayé.

–Voyons cela, dit-elle doucement.

La fée ne se sentait pas très à son aise. Si elle avait été à Pixie Hollow, elle se serait dépêchée de chercher Beck ou l'une des autres Soigneuses.

Puis elle se souvint qu'elle était une fée Aquatique, comme cet hippocampe, et qu'elle pouvait peut-être faire quelque chose pour lui.

Avançant la main, elle toucha la peau rugueuse de l'animal, s'attendant à ce qu'il se cabre. Mais il resta parfaitement immobile. L'examinant de plus près, Rani constata alors que la ligne d'un pêcheur était entortillée avec des algues autour de sa queue. L'animal ne pouvait pas se détacher.

– Oh, pauvre petit! s'écria Rani. Te voilà tout emmêlé. Ne t'en fais pas, je vais te sortir de là.

De ses petits doigts fins, la fée commença à défaire les nœuds un à un. L'hippocampe la regardait avec de grands yeux inquiets et il se raidit de peur quand Rani tira un peu trop fort.

– Calme-toi, lui murmura-t-elle en le caressant doucement, je suis là pour t'aider. On y est presque.

L'hippocampe s'apaisa et Rani se remit au travail.

Par-dessus, par-dessous, dans la boucle... Un petit nœud ici, un plus gros là, puis encore trois petits. Rani défit finalement le dernier nœud qui retenait l'hippocampe et le fit passer au-dessus de sa tête. Un instant plus tard, l'animal était libre.

– J'ai réussi ! cria Rani. J'ai réussi !

Sa joie fut éphémère. Dès qu'il sentit qu'il était libre, l'hippocampe fila, sans même se retourner vers Rani.

Celle-ci fondit en larmes. Cette fois-ci, elle ne pouvait vraiment pas s'en empêcher. Même après ce qu'elle venait de faire pour lui, l'hippocampe ne l'aimait pas !

9

Rani pleurait comme une désespérée. Son nez se mit à couler et, pour couronner le tout, elle fut prise d'une crise de hoquet. C'était tellement désagréable sous l'eau que ses sanglots redoublèrent. Elle avait l'impression que, quoi qu'elle fasse, personne ne s'intéressait à elle.

Entre deux montées de larmes, elle sentit soudain une petite pression sur sa main. Levant les yeux, elle découvrit à sa grande surprise que l'hippocampe était là et qu'il tenait quelque chose dans sa bouche.

– C'est toi? dit Rani d'un ton incrédule.

Baissant la tête, l'hippocampe laissa tomber aux pieds de Rani l'objet qu'il transportait. C'était une grosse perle dorée. Il regarda la fée, poussa la perle vers elle du bout de son long museau, et la regarda à nouveau.

– Un cadeau? fit Rani. Pour moi?

Tout frétillant, l'hippocampe décrivit un cercle autour de la fée. Puis, il poussa à nouveau la perle pour la rapprocher encore un peu plus de Rani. Celle-ci se baissa et la prit.

Cette perle était aussi grosse qu'un gland. Quand la fée la leva à la hauteur de ses yeux, elle vit qu'elle luisait de sa propre lumière. Elle comprit immédiatement que ce n'était pas une perle ordinaire. C'était une perle magique.

– C'est très beau, dit-elle à l'hippocampe. Merci!

Celui-ci s'approcha. Il appuya sa tête contre la main de Rani, comme pour lui dire quelque chose. Puis, il fit volte-face et, sans la quitter du regard, il lui présenta sa croupe.

– Tu veux... tu veux que... moi, je monte sur ton dos? dit Rani en mimant l'action du doigt.

En guise de réponse, celui-ci fit un nouveau cercle autour de la fée et s'arrêta devant elle. Rani pouffa de rire.

– Eh bien, dit-elle, j'ai déjà chevauché une colombe, alors pourquoi pas un hippocampe?

Tenant précieusement sa perle dans le creux de sa main gauche, elle monta avec précaution sur le dos de l'animal. Puis, elle se pencha en avant et entoura son cou de son bras droit. Dès qu'il sentit que sa cavalière était bien en selle, l'hippocampe se mit en route.

Tout en s'agrippant fermement au cou de l'hippocampe, Rani songeait à Frère Colombe, quand elle volait sur son dos. Comme il lui manquait! La caresse du vent sur son visage lui manquait aussi...

En vérité, tout Pixie Hollow lui manquait.

Bientôt, ils pénétrèrent dans une sorte de jardin sous-marin. Partout où Rani portait ses regards, c'était un feu d'artifice de couleurs intenses. Elle vit un petit banc de poissons bleu vif qui traversait une anémone orange, puis un poisson jaune, moucheté de pourpre, qui filait au-dessus d'un bouquet d'algues vertes. Et c'étaient des pourpres et des bleus, des verts et des rouges, des taches et des zébrures et également des motifs que Rani n'avait encore jamais vus.

– C'est merveilleux, murmura-t-elle.

L'hippocampe sembla comprendre ses paroles, car il décrivit un petit cercle pour manifester sa joie. Ils traversèrent le jardin en quelques minutes, puis l'hippocampe se dirigea vers une forme indistincte qu'on apercevait au loin. On aurait dit une montagne.

Quand ils furent un peu plus proches, Rani écarquilla les yeux.

– Une épave ! s'exclama-t-elle.

L'hippocampe passa le long de la coque du bateau. Cette embarcation venant de l'Autre Monde était plus grande que tout ce que Rani aurait pu imaginer. Plus grande même que le Palais des Sirènes !

L'hippocampe poursuivit sa route. Il se dirigeait vers une falaise rocheuse, au bas de laquelle Rani aperçut une petite ouverture.

– Une grotte ? demanda-t-elle.

En guise de réponse, l'hippocampe plongea dans l'orifice qui se prolongeait par un long tunnel. Bien que celui-ci fût sombre, Rani n'y ressentait pas la même peur que dans la Crevasse de l'Étoile de Mer. Elle n'était pas seule, cette fois-ci, et elle commençait aussi à comprendre que l'hippocampe voulait lui montrer quelque chose.

Bientôt, la fée aperçut une lumière au loin devant elle. L'obscurité du tunnel commençait à se dissiper et ses parois s'étaient mises à luire.

Soudain, ils débouchèrent dans une immense caverne. Celle-ci était si grande qu'on aurait pu y faire tenir facilement tout le Pays Imaginaire ! À perte de vue, des stalagtites de roches scintillantes pendaient du plafond.

– Que c'est beau ! s'exclama Rani.

De quelque côté qu'elle se tourne, les parois de la caverne étaient recouvertes d'innombrables perles dorées semblables à celle qu'elle tenait précieusement dans sa main...

« Je suis la première fée à contempler cela ! » se dit-elle, émerveillée.

Longtemps, elle se promena dans la caverne avec l'hippocampe en admirant ces perles extraordinaires. Puis, l'animal lança un coup d'œil à Rani par-dessus son épaule pour lui signifier qu'il était temps de repartir.

– C'est dur de s'en aller ! soupira Rani, alors qu'ils regagnaient le tunnel. C'est tellement beau ici...

Rani pensait que l'hippocampe allait la ramener au Palais des Sirènes, ou dans le pré d'algues où ils s'étaient rencontrés, mais au lieu de cela il obliqua vers la forêt de coraux.

– Où allons-nous ? demanda-t-elle, intriguée.

Mais l'hippocampe s'arrêta peu après. Rani baissa les yeux vers un gros bouquet d'algues qui bougeait doucement. Soudain, les algues s'écartèrent et, accompagnés de leur mère, cinq hippocampes minuscules en sortirent. Ils commencèrent à se poursuivre les uns les autres autour de Rani et de son ami l'hippocampe.

– Est-ce là ta famille ? demanda Rani, tandis que l'un des petits hippocampes lui mordillait les cheveux, avant de repartir comme une flèche. Ils sont vraiment très mignons !

Glissant du dos de sa monture, elle descendit et leur sourit. Ils avaient l'air si heureux ensemble... Rani sentit à quel point sa propre famille – les fées – lui manquait...

– J'aimerais tant pouvoir rentrer chez moi, murmura-t-elle. J'aimerais tant ne pas être inutile !

À ces mots, l'hippocampe lui pressa la main de son museau.

– Je te remercie de m'avoir montré le lagon, lui dit Rani en lui donnant un baiser sur la truffe.

Puis, elle lui fit adieu de la main et s'éloigna. L'un des bébés hippocampes la suivit un instant, puis il s'arrêta et retourna bien vite vers sa famille.

Rani se mit à dériver, flottant dans le courant, sans savoir où aller. Elle n'avait pas envie de retrouver les sirènes. Elle ne pouvait pas non plus retourner à l'Arbre-aux-Dames. C'est alors qu'elle aperçut un objet argenté qui venait de la surface et descendait vers elle. Un instant, elle crut que c'était le miroir de Peter, puis elle vit que c'était une bulle-message, semblable à celle qu'elle avait envoyée à Clochette... Un petit poisson-clown s'en approcha et la tâta du bout de son nez

avec curiosité. Mais les bulles-messages n'éclatent que pour la personne à qui elles sont destinées. Rani tendit la main, le cœur battant. Dès qu'elle la toucha, la bulle éclata. Et la voix de Clochette en sortit, comme une cascade de grelots.

«Rani, où que tu sois, rentre vite, pour l'amour de Dieu! Frère Colombe t'a cherchée partout. Rien ne va plus quand tu n'es pas là. On a besoin de toi. Reviens, s'il te plaît!».

Rani se pinça les lèvres. Clochette avait sûrement demandé à une fée Aquatique de l'aider à confectionner cette bulle-message. Cela voulait dire qu'elle lui manquait vraiment... Et ce pauvre Frère Colombe qui l'avait cherchée partout! La fée se sentit soudain très coupable d'avoir rendu ses amis si malheureux.

Le poisson-clown passa devant Rani.

– Je suis bien contente d'être venue au Lagon des Sirènes, dit-elle à voix haute en le suivant des yeux. Mais je crois que l'heure est venue de rentrer chez moi...

10

– Rani! cria Fira en se précipitant vers son amie pour la serrer dans ses bras. Tu es...

– ... rentrée! dit Rani. N'est-ce pas merveilleux? s'exclama-t-elle, débordante de joie.

Elle contemplait le Cercle des Fées, où une fête se préparait: une fête en son honneur! La tête lui en tournait... Les fées se réjouissaient tellement de son retour que la Reine Clarion avait décrété un jour de congé.

Chacun s'affairait aux préparatifs. Il y avait même une fontaine d'eau, à laquelle toutes les Aquatiques avaient travaillé, y compris Rani! Pour l'instant, elle était dissimulée par un rideau épais que six grandes araignées avaient tissé. Tout Pixie Hollow résonnait de la rumeur que cette fontaine était exceptionnelle.

« Je ne me doutais pas que l'on tenait autant à moi », se dit Rani en caressant les douces plumes de Frère Colombe.

Celui-ci ne l'avait pratiquement pas quittée depuis son retour.

C'est alors que Clochette montra sa tête entre Rani et Fira.

– Rani nous est revenue après des aventures extraordinaires! claironna la fée.

– Tout l'Arbre-aux-Dames bourdonne du récit de ses exploits! répondit la Lumineuse sur le même ton. Dire qu'il faut attendre ce soir pour entendre Rani les raconter, ajouta-t-elle. Sa descente de la Barbotine! Sa rencontre avec les sirènes! Rani, est-il vrai que tu t'es battue contre...

– ... un serpent d'eau? dit Rani en souriant jusqu'aux oreilles. Oui, c'est vrai!

Fira écarquillait les yeux.

– Ça alors! J'ai toujours su que tu étais courageuse mais, à ce point-là..., dit-elle en hochant la tête.

– En fait, j'avais un peu peur, avoua Rani.

– Ah vraiment, tu avais peur? releva Clochette en faisant mine de se fâcher. Alors imagine un peu la peur qu'on a eue, nous, quand on ne te trouvait plus!

Rani se rembrunit.

– Je regrette de vous avoir causé tant de souci, dit-elle. Je volerais en arrière si je le pouvais!

– Il me suffit que tu sois rentrée, Rani, répondit Clochette en serrant très fort dans la sienne la main de son amie.

– Ce que tu as vu, aucune fée ne l'avait encore jamais vu, Rani, ajouta Fira pensivement.

Rani acquiesça de la tête. Fira disait vrai. Bien que certaines de ses aventures n'aient pas été particulièrement amusantes – le serpent d'eau, l'exploration de la crevasse, sans même parler des sirènes qui, en plus de tout le reste, firent à peine attention à elle quand elle alla leur dire au revoir – il y avait eu des moments merveilleux, comme la rencontre avec l'hippocampe.

– Rani est quelqu'un de spécial, souligna Clochette. Elle est vraiment unique en son genre.

À cet instant, Vidia se posa devant elles. Elle affichait un sourire pincé.

– Rani, ma chérie, s'écria-t-elle, comme je suis heureuse que tu sois de retour! On en était toutes malades d'...

– ... inquiétude? interrogea Rani. N'essaye pas de me faire croire ça, Vidia!

En guise de réponse, les coins de la bouche de Vidia se relevèrent en un sourire sarcastique.

– Ma belle enfant, je vois qu'une petite fête va être donnée en ton honneur. Dis-moi, comptes-tu apporter ta petite touche personnelle à la fontaine, comme l'autre jour? fit-elle en battant de ses longs cils noirs.

Clochette devint écarlate de colère. Mais Rani ne se démonta pas :

– Tu as raison, Vidia : j'ai effectivement apporté ma touche personnelle à la fontaine. Veux-tu y jeter un coup d'œil ?

Et, sans attendre sa réponse, elle sauta sur le dos de Frère Colombe. Tandis que l'oiseau prenait son envol, la fée enfouit ses mains dans l'épaisseur de ses plumes et s'y agrippa fermement. Peu après, tous deux fendaient l'air. Qu'il était bon de sentir enfin le vent sur son visage !

– Venez vite ! cria Clochette à la ronde. Rani va nous montrer la fontaine !

Tandis que les fées affluaient de toutes les directions, Frère Colombe commença à décrire des cercles autour de la clairière. Même la Reine Clarion accourait à tire-d'aile.

Après avoir laissé Frère Colombe faire encore deux tours, Rani lui donna le signal. L'oiseau piqua vers les fils d'araignée qui retenaient le rideau et Rani se mit à les couper un à un avec une petite épine de rose qu'elle avait sortie de sa poche.

Au dernier fil, le rideau tissé par les araignées tomba délicatement au sol. Devant le spectacle, l'assemblée resta un instant pétrifiée d'étonnement. Puis, soudain, les applaudissements se déchaînèrent.

La fontaine de Rani était éclairée de l'intérieur par une lumière dorée. Les gerbes d'eau qui retombaient en cascades sur les côtés semblaient illuminées de poussière d'or. C'était... féérique !

Pour parvenir à ce résultat, Rani et Frère Colombe avaient passé toute la matinée à aller et venir du Lagon des Sirènes à Pixie Hollow. Aidée de son ami l'hippocampe, la fée était allée chercher six perles d'or magiques dans la grotte. Elles brillaient maintenant d'un éclat aussi éblouissant dans les flots de la fontaine qu'au fond du lagon.

Et les applaudissements des fées continuaient et continuaient, cependant que des pluies d'étincelles jaillissaient des mains de Fira. Toujours juchée sur le dos de Frère Colombe, Rani, rouge comme une pivoine, était secouée de petits rires nerveux. Verte de rage, Vidia était la seule à ne pas applaudir.

À ce moment, Clochette siffla dans ses doigts pour appeler Frère Colombe. Dès qu'il se posa à côté d'elle, Rani fut entourée d'une nuée de fées. Tout le monde était aux anges et la félicitait. Terence lui donna une grande bourrade dans le dos et Clochette la serra de toutes ses forces dans ses bras. Quant aux Lumineuses, elles avaient un million de questions à lui poser !

Quand le tumulte se fut calmé, Vidia retrouva le sourire.

– Eh bien, chère Rani, dit-elle en jetant un coup d'œil de biais à Fira, il me semble que tu as réussi quelque chose dont les Lumineuses seraient parfaitement incapables ! Comment as-tu fait pour...

– ... illuminer la fontaine ? dit Rani. C'est facile, si tu sais t'y prendre.

Elle adressa un sourire rayonnant à Clochette, qui lui répondit par un clin d'œil.

– Je ne suis peut-être pas capable de poser un jet d'eau en haut d'une fontaine, ajouta-t-elle, mais on dirait bien que j'ai un autre talent...

– Je n'irais pas jusque-là, ma chérie, laissa tomber Vidia avec une moue méprisante.

Et rejetant la tête en arrière, elle s'envola.

– Elle est vraiment pénible ! soupira Fira en la regardant s'éloigner avec soulagement.

– Ne faites pas atttention à elle, reprit Clochette. Allez, dit-elle en faisant signe à ses amies de la suivre, venez, notre fête nous attend !

– Bien parlé ! approuva Rani en souriant jusqu'aux oreilles.

Elle savourait le bonheur d'être de retour chez elle, à Pixie Hollow.

– En plus, ajouta Clochette, nous venons de découvrir un autre de tes talents, Rani. Un talent très utile.

– Ah oui? demanda Rani, ravie et étonnée d'apprendre qu'elle avait un talent de plus.

Clochette sourit malicieusement:

– Tu illumines Pixie Hollow, Rani.

– Oui, grâce aux perles magiques! acquiesça Rani en souriant.

Mais Clochette secoua la tête:

– Non, Rani, dit-elle, je ne parle pas des perles. Je parle de toi. Tu nous illumines par ta présence...